» *Chaque exemplaire doit être paraphé par*
» *l'auteur* ».

QUELQUES VERS

DIALOGUES,

HISTORIETTES, COUPLETS,

EPIGRAMMES,

ÉPITRES PARTICULIÈRES, etc.

L'EXCLAMATION ÉQUIVOQUE,

ANECDOTE.

UN ci-devant baron, grand amateur d'abus,
Mais qui sait à nos mœurs plier son caractère,
S'écriait, en payant les civiques tributs :
« A tous les cœurs bien nés que la patrie est *chère* ! »

LE ONZE THERMIDOR,

CANTATE.

EST-IL un plus beau jour de fête
Après des jours plus odieux !
Un son doux et mélodieux
Succède aux cris de la tempête;

Les aquilons dévastateurs
Ne ravagent plus la nature ;
L'horison s'élève et s'épure,
Et la paix renaît dans nos cœurs.

Les oiseaux dévorans qu'attirait le carnage,
Et dont la troupe infecte obscurcissait les cieux,
Poussent des cris plaintifs, et, loin de ce rivage,
Dirigent tristement leur vol contagieux.

Quelle divinité s'avance!
Est-ce donc enfin l'équité?
D'un tribunal ensanglanté
Vient-elle chasser la vengeance?
La terreur, les sombres soucis
Se dissipent à sa présence,
Et je vois naître un doux souris
Sur les lèvres de l'innocence.

Voyez cet assassin que tout un peuple abhorre;
Vainement effrayé de ses propres forfaits,
Il veut laver le sang dont sa main fume encore;
Le sang de l'innocent ne s'efface jamais.

Sortez du séjour des ténèbres
Infortunés amis des lois!
Le peuple, en reprenant ses droits,
A brisé vos cachots funèbres.
Oubliez ces longues douleurs
Dont votre ame est encore aigrie;
Regardez vos libérateurs
Et chérissez votre patrie.

Mère sensible et défaillante,
Entends nos cris de joie et reprends tes esprits;
Pour jamais on te rend ton fils;
Vois ses transports d'amour, quelle ivresse touchante!
Trésors mondains, vaine grandeur,
Et vous, plaisirs bruyans, séduisante chimère,
Non, vous ne valez pas ce baiser qu'une mère
Nous accorde après un malheur.

Ils sont passés ces jours de meurtres, de vengeance,
Où des fleuves de sang inondaient nos cités;
Où la France n'offrait aux yeux épouvantés
Qu'un appareil de mort et des débris immenses.

Est-il un plus beau jour de fête! etc.

RÉPONSE A DES CRITIQUES

SUR UNE PIÈCE CONTRE LES BUVEURS DE SANG.

J'ai fait ma part d'une satire
Sur les amis de la terreur;
Mais, au lieu d'exciter le rire,
Nos jacobins ont fait horreur.
Vous les jugez donc détestables!
Hélas! j'aurais dû m'en douter;
Il est des objets exécrables
Qu'il faudra toujours *maltraiter.*

A L'AUTEUR D'UNE PIÈCE MORALE

SUR LES DEVOIRS DES ÉPOUSES.

Des sublimes leçons de la tendre Emilie
Un mari vient de profiter.
Dès ce soir je vais me jetter
Aux pieds d'une femme accomplie,
Que, par ton, je voulais quitter.
Les traits ingénieux de ta juste censure,
Sans nous blesser, corrigent nos travers,
Et tu semblés n'avoir employé l'art des vers
Que pour nous rendre à la nature.
Quel bonheur pour l'humanité
Que tu fasses toujours cet usage estimable
D'un talent dangereux par sa fécondité!
Si par toi, mon ami, le vice était chanté,
Le vice paraîtrait aimable.

A LA JEUNESSE FRANÇAISE.

1794.

Vous avez terrassé les royales bannières;
De leur club infernal vous chassez les brigands;
Dans le sein de nos murs, par-delà nos frontières,
La jeunesse française est l'effroi des tyrans.

BOUTADE

A UN MÉCHANT AUTEUR,

Sur l'abus qu'il fait de la liberté de la Presse.

QUE gagne-tu, bavard maudit,
A cette liberté qui chaque jour t'inspire
Maint et maint pitoyable écrit!
Jadis, pauvre Damon, tu n'avais pas d'esprit;
Mais ton silence, au moins, désarmait la satire;
Depuis que ton exemple a permis de tout dire,
Tu passes pour un sot, et chacun te le dit.

SUR L'AUTEUR D'ARABELLE

ET VASCOS.

FRÈRE ***, terrible en sa vengeance,
Depuis Vascos, apprend à férailler,
Pour immoler tous ceux qu'il fit bailler;
Le malheureux va dépeupler la France!

VERS

SUR LE MEME,

Adressés au cit. F. Pillet.

QU'A donc fait ce pauvre L***,
Dont le nom seul vous importune?
Il a bien la mine commune,
Mais il n'a pas le sens commun.

LE CHAT,

FABLE.

UN chat, par la faim tourmenté,
Restant en embuscade et n'y pouvant rien prendre,
Maudissait du soleil l'importune clarté;
» O nuit! s'écriait-il, dans ton obscurité
» Les rats ne sauraient se défendre,
» Combien je te préfère aux plus beaux jours d'été! »

NOTRE chat, avec vous, a quelque ressemblance,
Messieurs les jacobins; vous me comprenez bien;
Vous prolongiez la nuit pour mieux piller la France!
Mais voici le grand jour, vous ne prendrez plus rien.

LES CONTRASTES,

DIALOGUE

Entre un directeur de spectacle et un auteur dramatique.

LE DIRECTEUR.

AH ! vous voilà, monsieur, que nous apportez-vous ?
Du triste, du plaisant ?

L'AUTEUR.

Du neuf pour tous les goûts.
Du sombre Crébillon empruntant la manière,
J'ai su l'amalgamer à celle de Molière
Et par ce composé de comique et d'horreur,
Inspirer à-la-fois la joie et la terreur.
Je fais rire et pleurer.

LE DIRECTEUR,

C'est un drame ?

L'AUTEUR.

En musique,
Que vous pourrez nommer tragi-comi-lyrique.
Souvent les nouveautés aux malheureux auteurs
Font moins de partisans que de persécuteurs. . . . ;
Cet ouvrage, sur-tout, doit mériter l'envie,
Et va faire, à coup sûr, le tourment de ma vie ;
Mais on brave aisément l'inclémence du sort
Quand on est assuré de vivre après sa mort. . . .

LE DIRECTEUR.

Votre nom de l'histoire enrichira les fastes;
Mais au fait?

L'AUTEUR.

Mon talent est celui des CONTRASTES;
J'ai grand soin d'opposer l'honnête homme au fripon,
Le bel esprit au sot, et le brave au poltron.

LE DIRECTEUR.

Bien!...

L'AUTEUR.

Je vais commencer par la scène première:
A droite est un palais, à gauche une chaumière;
Une tente superbe occupe le devant
Et la toile du fond offre un moulin à vent.
On voit un chevalier aux pieds de sa princesse,
Il exprime en hurlant sa terrible tendresse,
Tandis qu'à ses côtés un semillant Frontin
Hazarde avec Lisette un geste libertin;....

LE DIRECTEUR.

Passons au deuxième acte.

L'AUTEUR.

Il n'est pas moins étrange;
Le machiniste sifle, et le théâtre change.
On apperçoit au fond d'un obscur souterrein
Un pâle prisonnier tourmenté par la faim,
Qui, privé de ses sens, déchire ses entrailles,
Se tortille le corps et frappe les murailles,
Tandis que le geolier, grotesque et pris de vin,
Sur un air de pont neuf vante son jus divin....

LE DIRECTEUR.

Fi donc ! voyons la fin. . . .

L'AUTEUR.

La fin est plus piquante !..
Des soldats abattus sur la terre sanglante,
Qui, tout couvert de sable et de contusions,
Font, pour mieux nous toucher, mille contorsions ;...
Les vainqueurs ennuyés de leurs plaintes cruelles,
Sabrant de toutes parts et brûlant des cervelles....

LE DIRECTEUR (*l'interrompant*).

Ce passage est affreux !...

L'AUTEUR.

Vraiment c'est ce qu'il fau
Le trop, en fait d'horreur, est un fort bon défaut. !

LE DIRECTEUR.

Mais qui pourra souffrir cette exécrable image ?

L'AUTEUR.

Ah ! vous ne sentez pas le prix d'un beau carnage ?

LE DIRECTEUR.

Non !...

L'AUTEUR.

Tant pis, du tableau j'adoucirai l'effet...;

LE DIRECTEUR.

C'est fort bien, mais comment ?

L'AUTEUR.

Comment ? par un ballet ;
Les massacres finis, une noce s'apprête,
On danse, on chante, on rit, rien ne manque à la fête

L'effroi dans tous les cœurs fait place à l'enjouement,
Et chacun au logis s'en retourne gaîment.
Mon genre vous paraît!...

LE DIRECTEUR.

Fort extraordinaire.

L'AUTEUR.

Tant mieux! ce qu'on a fait je ne veux plus le faire;
Nos ayeux ont tout dit; l'esprit n'est plus nouveau;
Au défaut de l'esprit, il faut bien un tableau;
Non pas de ces tableaux si communs au théâtre
Dont l'unique sujet est décent ou folâtre;
Où l'on ne voit pas même un monstre furieux
Qui serve de contraste aux objets gracieux;
Mais un roc sourcilleux; un palais qui s'écroule,
Et me fait, en tombant, venir la chair de poule;
Un orage et des vents qui soulèvent les flots;
Un vaisseau qui s'abyme avec les matelots.
De ces torrens fougueux, qui, du haut des montagnes,
Vont en dégringolant désoler les campagnes;
Des bombes, des pétards, et d'horribles combats;
Des brigands à moustache, et des assassinats.
L'objet le plus hideux me plait quand il m'étonne;
Tenez.... vous êtes laid, mais non pas monotonne,
Votre œil louche produit un fort heureux effet
Auprès de ce grand nez si large et si mal fait;
On rencontre par-tout de beaux yeux qu'on admire,
Mais je n'ai vu qu'à vous ce regard de satire,
Enfin de tous vos traits l'irrégularité,
A l'artiste surpris plîat mieux que la beauté.

LE DIRECTEUR (*avec ironie*).

Ah! vous êtes trop bon! si mon nez peut vous plaire,
Vos œuvres m'ont produit un effet tout contraire ;
Oui, monsieur, le beau seul a pour moi des appas ,
C'est pour quoi vos horreurs ne me conviennent pas;
A d'autres directeurs présentez cet ouvrage ,
Je suis votre valet.... (*Il s'en va*).

L'AUTEUR.

Ecoutez donc!... j'enrage ,
Pour la centième fois me voilà refusé.
O génie en tout tems seras-tu méprisé !

ÉPITAPHE

D'UN FAMEUX RÉVOLUTIONNAIRE (*).

1793.

M.... fut à l'excès vertueux ou coupable,
On n'a pu le haïr ni l'aimer à demi :
Ci-gît cet homme inexplicable ;
Foulez aux pieds un monstre, ou pleurez un ami.

(*) Elle me fut demandée par un membre du tribunal révolutionnaire, et il fallait bien la faire à double entente.

VERS

ATTACHÉS A UN JEUNE ORANGER,

Que j'envoyais à ma maîtresse future.

Toi qui fus souhaité par la beauté que j'aime,
Trop heureux arbrisseau satisfais son désir,
Ne peut-elle à me voir moi-même
Trouver aussi quelque plaisir !
Ah ! si pour prix de ma tendresse
Elle m'accorde un jour sa foi,
Puissent les sentimens de ta belle maîtresse,
Croître avec ton feuillage et durer... plus que toi.

A JULIE,

EN RÉPONSE A UNE DÉCLARATION MANUSCRITE.

Combien il est doux et flateur
Le billet que je viens de lire !
Est-ce la vérité que tu daignes m'écrire,
Et puis-je croire à mon bonheur ?
O ! oui, sans doute ma Julie,
D'un faux espoir tu ne m'a point flatté ;
Je puis donc t'avouer avec sécurité,
Qu'avant cette lettre jolie
Dont je suis encore enchanté,
J'aimais l'auteur à la folie :
Qu'on juge maintenant de ma félicité !

ÉPIGRAMME

FAITE LE 10 THERMIDOR AN II.

Plus Robespierre et ses deux acolytes,
En plein sénat, prêchaient la piété,
Moins je croyais à la divinité,
Tant ces coquins me semblaient hypocrites.
Bien suis changé depuis leur trahison;
Si que voyant les trois rois en charrette,
Leur ai crié, dans ma joie indiscrette:
« Il est un Dieu!..... Vous aviez bien raison ».

AUX PETITS AVEUGLES. (*)

Aveugles innocens que vous êtes heureux!
Vous ne connaissez point ce funeste délire,
Tourment des pauvres amoureux.
Par un dehors trompeur, un regard langoureux,
Nos perfides beautés ne peuvent vous séduire,
Et si vous adressez des vœux,
C'est pour un objet vertueux
Que votre cœur vous les inspire.

(*) Mdes. des Saint-Aubin et Rosalie remplissaient le rôle des petits aveugles dans la pièce de ce nom. Ces vers ont été lus au théâtre Italien.

De votre sort je suis jaloux;
Oui, c'est une de mes folies,
Je voudrais être aveugle comme vous
Si vous n'étiez pas si jolies.

DIALOGUE

SUR UNE PIÈCE DE THÉATRE,

Dans laquelle paraît un baudet.

J'ai vu la pièce de L***; (*)
Les enfans tiennent de leur père,
Elle n'a pas le sens commun.
— Ce jugement est bien sévère !
—Je le crois encore trop flatteur;
Jugez de cet ouvrage obscène;
Un âne y paraît sur la scène!....
— On a donc demandé l'auteur?

EPIGRAMME

SUR LE MEME SUJET.

En vain, pour sauver ton honneur,
Tu renierais ce plat ouvrage;
Quand l'âne paraîtra, je gage
Qu'on y reconnaîtra l'auteur.

(*) Ce n'est pas le poëte lyrique.

ANECDOTE.

DE QUOI VOUS MELIEZ-VOUS?

Certain prieur donnait un grand repas ;
(C'était un vendredi, saint jour de pénitence)
Il parut un poisson de superbe apparence,
Poisson fort cher et dont on fait grand cas ;
« Attaquons-le, dit-il, le drôle à la bonne mine.....
» Non, non, s'écrie un frère, on n'en mangera pas;
» J'ai vu le cuisinier l'accommoder au gras,
» Au mépris de la loi divine ;
» Parbleu, dit le prieur ; alors dans l'embarras,
» Qu'alliez-vous faire à la cuisine !... »

INSCRIPTION

PLACÉE DANS LES BOSQUETS DU JARDIN BOUTIN,

Pour garantir les arbres d'atteintes indiscrettes.

Amans, qui folâtrez dans ce riant séjour,
De ces bosquets touffus respectez le feuillage;
Le mystère fuirait s'il perdait leur ombrage,
Et sans mystère....... adieu l'amour.

ORGIE MILITAIRE.

(Les citoyens la Durnère et Chardini ont fait chacun un air sur ces paroles).

VOULEZ-VOUS suivre un bon conseil?
Buvez avant que de combattre;
De sang-froid je vaux mon pareil;
Mais quand je suis gris j'en vaux quatre.
Versez donc, mes amis versez,
Je n'en puis jamais boire assez.

COMME ce vin tourne l'esprit!
Comme il vous change une personne!
Tel qui tremble, s'il réfléchit,
Fait trembler quand il déraisonne.
Versez donc, mes amis versez,
Je n'en puis jamais boire assez.

MA foi c'est un triste soldat
Que celui qui ne sait pas boire!
Il voit les dangers du combat;
Le buveur n'en voit que la gloire.
Versez donc; mes amis versez,
Je n'en puis jamais boire assez.

CET univers ô c'est très-beau!
Mais pourquoi dans ce bel ouvrage
Le seigneur a-t-il mis tant d'eau!
Le vin me plairait davantage.
Versez donc, mes amis versez,
Je n'en puis jamais boire assez.

S'il n'a pas fait un élément
De cette liqueur rubiconde,
Le seigneur s'est montré prudent;
Nous eussions desséché le monde.
Versez donc, mes amis versez,
Je n'en puis jamais boire assez.

LE NAUFRAGE,

FABLE.

Un nouveau bâtiment, fameux par sa beauté,
Sur l'abyme des mers voguait avec fierté.
Au milieu des écueils il gagnait un rivage
Desiré depuis trop long-tems,
Quand tout-à-coup survint un effroyable orage;
Jamais les flots, la foudre et les vents
N'avaient déployé tant de rage.
Le vaisseau résistait; d'habiles matelots
Savaient braver la foudre et maitriser les flots;
Mais que servait, hélas! un si noble courage!
La discorde bientôt se met dans l'équipage;
Le pilote, en jurant, quitte le gouvernail
Pour s'attaquer au capitaine;
Les rameurs, transportés d'une fureur soudaine,
Pour s'égorger entr'eux ont laissé leur travail;
Rien ne peut appaiser cette rage inhumaine;
Le mousse, le soldat et jusqu'au passager,
Grossissent la rumeur sans penser au danger;
De l'horrible discorde effet inévitable!

Pendant ce tumulte effroyable,
Les autans redoublent d'effort,
Et ce grand bâtiment, ce vaisseau formidable,
Battu de tous côtés, vient échouer au port.

Que cette funeste aventure,
Sans les décourager, instruise nos Français;
Demeurons unis pour jamais
Et nous démentirons l'augure.

A UNE JEUNE FEMME

Obligée de quitter son mari parce qu'il a une autre femme.

D'un époux se voir séparée
Est sans doute un bien grand malheur.
Je ressens toute la douleur
De Z.... désespérée;
Cependant faut-il qu'un mari
Trouble ainsi ta jeune cervelle!
Laisse-là ce mortel chéri
Qui, par devoir, est infidèle,
Et choisis-moi pour favori
L'auteur de cette bagatelle.
On ne m'a jamais épousé,
Avec moi tu n'as rien à craindre;
Z.... rien ne peut éteindre
Le feu dont je suis embrâsé.
Réponds donc bien vîte à ma flamme;

Une fois le *oui* prononcé,
Qu'il me survienne une autre femme,
Je n'en suis plus embarrassé.
Je lui dirai « Ma pauvre amie
» Regarde l'épouse que j'ai; »
Elle te verra si jolie
Qu'elle partira sans congé.

ANECDOTE.

« Vers minuit, près de mon balcon ;
» Ayez soin de prendre une échelle. »
Tel est le billet qu'un Gascon
Reçoit un beau jour de sa belle;
A l'heure dite, au pied du mur,
Il n'a pas manqué de se rendre;
Mais, hélas! on l'y fait attendre;
Attendre en hiver c'est bien dur!
Il grelotte, il perd patience;
Un petit bruit au contre-vent
Ranime sa douce espérance;
Transporté d'amour, il s'élance
Sur la corniche, il grimpe en un moment;
Quelqu'un ouvre.... ô surprise extrême!...
Ce n'est point la beauté qu'il aime.
C'est un vilain homme, un mari!!!
— Je vous y prends, monsieur, quel sujet vous amène?
Parlez; que faites-vous ici?
— Cé qué jé fais?.... Sandis, jé mé promène.

L'ABSENCE,

ROMANCE,

MUSIQUE DE MARINI.

SUR les bords de l'Ysère, au matin d'un beau jour,
Fixant sur le portrait de sa jeune maitresse
Des regards enflammés d'amour,
Ligdamon l'admirait et le baisait sans cesse.

« O fleuve, disait-il, si tu la vois jamais,
Celle dont je n'ai plus qu'une imparfaite image,
Tes flots, charmés par tant d'attraits,
Ne pourront s'éloigner de cet heureux rivage ! »

« LE globe où nous vivons est entouré de mers;
Dans le vaste Océan tu vas mêler ton onde ;
Cours apprendre à tout l'Univers
Que l'objet que j'adore est le plus beau du monde ».

« Ces fleurs, que sur tes bords nous aimions à cueillir,
Un matin les vit naître, un jour les décolore;
Mais le tems qui les fait périr,
Aux charmes de Zirphé semble ajouter encore. »

« O Zirphé, quand l'hiver dévastera ces lieux,
Je te reverrai donc!...... Ces fleurs à peine écloses
Désormais attristent mes yeux;
Les frimats ont pour moi plus d'attraits que les roses. »

DEMANDE

Inserée dans les affiches de Paris, sous le nom de

BAPTISTE.

JE suis fou de la poésie;
Une place de rédacteur
Est l'objet de ma fantaisie
Et suffirait pour mon bonheur.
Ce n'est point l'espoir d'un salaire
Qui m'inspire un si beau desir,
Pour moi le travail littéraire
Ne sera jamais une affaire,
Je prétends qu'il soit un plaisir.
Vous que je prendrai pour modèle
Soyez, avant, mon protecteur;
Daignez annoncer au lecteur
Qui je suis, et quel est mon zèle.
A tous entrepreneurs d'esprit
Je propose un bon journaliste,
D'autant meilleur qu'il fait crédit;
Il faut s'adresser par écrit,
A votre serviteur

Baptiste.

STANCES

Sur l'anniversaire du 9 thermidor.

MUSIQUE DE CATEL.

Exécuté dans le sein du corps législatif par le conservatoire de musique.

CHANTONS peuple français, ta plus belle victoire;
Nos triumvirs sont abattus.
Consacrons, par des jeux, l'époque de ta gloire
Et du retour de nos vertus.

INNOCENT opprimé, plus de sombre tristesse,
Unis ta voix à nos accords;
Et toi, vil oppresseur, que ces cris d'allégresse
Soient le signal de tes remords.

QUE le calme a d'attraits après un long orage!
Il n'est point de bonheur plus doux.
Bienfaisante vertu, ce calme est ton ouvrage,
Demeure à jamais parmi nous....

NON, non, peuple français il n'eût point ton suffrage,
L'hydre sanglant de la terreur.
On a dénaturé tes mœurs et ton langage,
Mais on n'a pû changer ton cœur.

CONTRE

Contre nos assassins ta haine est légitime,
Mais soyons généreux vainqueurs
Et conservons le droit de poursuivre le crime
En n'imitant point ses fureurs.

ÉPITAPHE

D'UN AGENT MILITAIRE.

Cy gît notre agent militaire;
Dans le monde il dut se déplaire
N'y pouvant plus persécuter.
Craignez encor de l'irriter,
Car s'il lui reste un crime à faire
Il est homme à ressusciter.

A CAMUS,

Sur les mauvais vers que lui adresse C***, en lui demandant l'aumône.

C.... ce rimeur importun,
Si verbeux lorsqu'il est à jeun
Se tairait s'il fesait bombance;
Au nom de l'intérêt commun
Assurez-lui sa subsistance!

LA DÉCLARATION EMBARRASSÉE.

A FANNI KERSAL....

Rien au monde n'est plus risible
Que de voir un pauvre amoureux
Déclarer, en tremblant, ses feux
A l'objet qu'il croit insensible.
Je sens ce ridicule affreux,
Et pourtant il m'est impossible
D'esquiver ici les aveux.
On vous a tant de fois dit : *J'aime*,
Que ce mot encor répété
Même par la sincérité
Serait d'une fadeur extrême.
Cherchons donc un autre moyen :
Faut-il employer l'hyperbole!...
Oh ! ma foi non, je n'entends rien
A ce langage de l'école,
Et c'est sur-tout quand j'aime bien
Que je perds l'art de la parole.
Quand j'aime bien !... arrêtons-nous,
Le mot est lâché, quel dommage !
Je sens pourtant qu'il me soulage ;
Mais comment y répondrez-vous ?

VERS

Sur un rimeur qui s'est débaptisé pour prendre le nom de *Dorat*.

UN de nos rimailleurs a choisi pour patron,
Le chantre des baisers, le poëte des belles ;
L'insensé pense-t-il, en lui volant son nom,
Partager de Dorat les palmes immortelles !
Croirait-il par ce tour sottement inventé
Faire prendre le change à la postérité !
Quand l'âne du lion veut imiter l'allure,
Malgré sa peau d'emprunt et ses airs de grandeur,
On reconnaît bientôt la grossière imposture
Au petit bout d'oreille échappé par malheur.

IMPROMPTU,

SUR MADAME B.....

COMPARÉE A UN ÉVÊCHÉ.

BEL évêché, si je te possédais
On me verrait, d'une ardeur sans égale,
Officier du mieux que je pourrais
Nuit et jour dans ta cathédrale.

AUTRE (*),

SUR LA MÊME.

Tout l'évêché la faveur est trop grande!
Y prétendre serait abus.
Et quant à moi je n'y demande
Qu'un bénéfice *in-partibus*.

BILLET EN STYLE DUR,

A UN PEUREUX CHEVALIER.

Mes vers sont rocailleux, je veux le confesser;
Ce n'est qu'en grimaçant qu'on les peut prononcer;
Mais à mon tour, ami, je saurai vous apprendre
Que si mon style est dur mon bâton n'est pas tendre.

(*) Ce quatrain est du citoyen Saintis.

SUR LOUIS-PHILIPPE D'ORLEANS,

SURNOMMÉ L'ÉGALITÉ.

POURQUOI ce personnage immonde
Ose-t-il prendre un nom qu'il n'a pas mérité?
Le citoyen Égalité
A-t-il son égal dans le monde?
Intrigant sans esprit, ambitieux sans cœur;
Parmi tous les héros de la scélératesse,
Nul ne s'élève à sa hauteur,
Nul ne descend à sa bassesse.

CALEMBOURG.

Sur un homme qui m'avait prêté de l'argent, et dont on me demandait le portrait impromptu.

JE ne puis peindre en vers ce mortel plein d'appas,
A qui je dois plus d'une somme,
Et ne saurais pourtant dire de ce brave homme
Que le sujet ne prête pas.

LA SAINTE VISION,

CONTE CHRÉTIEN.

LE dévot Alin, en rêvant
De l'incarnation croyait voir le mystère.
» Courage, disait-il, à notre Vierge-mère,
» Un envoyé du tout-*puissant*
» *Béatifie* en caressant,
» Avec un si *grand* saint ne soyez point sévère ».
La Vierge, du bon homme adopte le conseil;
Une chrétienne ardeur la pénètre et l'embrâse,
Son regard s'attendrit, son teint est plus vermeil,
Et, la voilà bientôt dans une sainte extase....
» Bravo, dit le rêveur, le spectacle est divin!
» Bravo, grace à Dieu tout s'arrange »!
Il disait vrai, car un fort capucin
Tout près de là fesait l'Archange
Et s'arrangeait sans bruit avec madame Alin.

NEUF mois après cette aventure,
Quand à ce bon Alin, il naquit un marmot,
Il dit en l'embrassant: » l'aimable créature,
C'est un petit Jésus ou je ne suis qu'un sot! »

1792.

ÉPITRE A D. L. H....

Sur ses critiques des ouvrages de feu Dorat.

TU possèdes, la H... un talent que j'admire,
Mais puis-je voir sans me fâcher,
Que de celui d'un mort tu fasses la satyre!
C'est un trait qui pourrait te nuire
Et que ta conscience a du te reprocher;
Que t'a donc fait Dorat? il acquit de la gloire....
Est-ce motif, dis-moi, pour ternir sa mémoire!
Suis plutôt son exemple; il fut persécuté;
Ne songeant point à la vengeance,
Il sut dans le malheur conserver sa gaîté,
Et d'un pinceau léger tracer avec aisance
L'image de la volupté
Sans jamais blesser la décence.
Imite sa sérénité,
Ne satisfais ta vanité
Qu'en fesant comme lui les plaisirs de la France;
Dorat, dont tu médis avec acharnement
Fut ton rival en poésie;
Il méritait également
Ton estime et ta jalousie.
Mais il n'est plus enfin, cesse d'être jaloux;
La H... fais céder la haine qui t'anime
Au sentiment pur de l'estime,

Ou sur d'autres rivaux exerce ton courroux.
Pourquoi ne pas livrer la guerre
A ce poëte mercenaire
Jadis flatteur des grands, aujourd'hui citoyen,
Qui chaque jour insulte à la misère
Des malheureux proscrits qui le payaient si bien !
Reserve ta fine critique
Pour ce factieux politique,
Auteur d'un ennuyeux journal,
Grand prôneur de la république
Qu'autrefois il traitait si mal ;
Ote-lui son masque civique
Il ne peut t'opposer qu'un impuissant effort,
Ma chère la H... on est bien fort
Quand on ne craint point la replique ;
Arme-toi donc et, comme Despréaux,
Sois la terreur des méchans et des sots,
Comme lui, méprisant l'envie,
Sois l'ami des talens et le vengeur du goût,
Excuse ma franchise, et souviens-toi sur-tout
De n'attaquer les gens que lorsqu'ils sont en vie.

AMENDEMENT

IMPROMPTU,

Adressé au rédacteur des Affiches, qui avait refusé d'y insérer une pièce de vers faible (*).

A mon plat madrigal vous avez fait justice ;
Il méritait d'être mis au rebut ;
Vous me rendez vraiment service,
Je serais fâché qu'il parut.
L'incomparable objet de ma brûlante flamme
De se moquer de moi pourrait prendre les airs ;
Il vaut bien mieux cacher les transports de mon ame
Que les peindre en si mauvais vers.

LA CONFESSION RÉVÉLÉE,

CONTE.

UNE femme, disons plutôt une mégère,
Je ne sais trop pour quel sujet,
Se fâchait contre le vicaire
Du village qu'elle habitait ;
Elle accusait en public ce bon prêtre
De prêcher la corruption.
Tais-toi, dit-il, put... — Vous l'entendez, le traître
Révèle ma confession.

(*) L'auteur avait seize ans quand il fit cette pièce et es deux suivantes.

LA SORCIÈRE,

CONTE.

LUCINDE, présidente altière
A l'opéra, traitait du haut en bas
La vieille Alix, bonne fermière,
Qui, par malheur ne la connaissant pas
Se mettait à son aise et la laissait derrière.
» Eh ! la femme. — Plaît-il ? — Vous nous gênez.
— Pardon.
— Mais vous restez ! — Oui dà. — Faite-moi place.
— Non.
— Pour répondre de la manière
Savez-vous qui je suis, enfin ?
— Ce que vous êtes, vous ? — Moi-même. — Une p...ain.
Lucinde une p...ain ! ah ! la vieille sorcière !

A M*** AUTEUR.

DEMANDE DE BILLETS.

A votre pièce tant jolie
Je voudrais aller m'égayer,
Mais le plaisir de voir cette aimable folie,
Est, dit-on, un plaisir *qu'on ne saurait payer.*

EPITRE

AU CITOYEN G.....

Membre du ci-devant comité de sûreté générale, par un secrétaire réformé ou prêt à l'être.

En vain, d'après votre promesse,
J'osai compter sur un emploi;
Je vois la fortune traîtresse
Se jouer de vous et de moi.
Un nouveau chef, un chef suprême,
S'entourant de messieurs qu'il aime,
Et plein de mépris pour nos droits,
Que vous aviez plaidés vous-même,
Nous réforme tous à-la-fois.
Que faire en ce malheur extrême!
Au nom de votre humanité,
Qui nous fut si souvent propice,
Employez votre autorité
Pour empêcher cette injustice.
Daignez dire à ce novateur
Qu'il a sans doute un méchant cœur,
Ou qu'un système affreux l'égare,
Et qu'en ce siècle de malheur,
Pour s'établir réformateur,
Il faut être sot ou barbare.
Mais non, de ces grossiers propos,
Vous ne voudrez point faire usage;

Vous êtes laconique et sage,
Et vous saurez dire, en deux mots,
Plus que moi dans toute une page.
Parlez donc et je ne crains plus,
Car j'aurai dans cette occurrence
Deux garans de votre éloquence ;
Notre infortune et vos vertus.

COUPLETS
A VICTOIRE,
POUR SA FÊTE.

AIR : *Du Vaudeville des Visitandines.*

QUE les héros de la jeunesse,
De l'honneur écoutant la voix,
Loin de nous avec allégresse,
S'en aillent triompher des rois;
J'admire en vérité leur gloire,
Mais je n'en puis être jaloux;
Ils le seraient plutôt de nous
S'ils connaissaient notre *Victoire.*

QUELS fruits rapportent leurs conquêtes!
Bras fracassés, longue douleur;
Il se perd ici bien des têtes,
Mais c'est dans l'excès du bonheur.

Tous ces fiers amans de la gloire,
Plus que nous craignent de périr;
Moi je voudrais cent fois mourir
Dans le sein de notre *Victoire.*

Tous ces héros, ces Alexandre
Répandent par-tout la terreur;
Un air timide, un regard tendre
Distinguent ici le vainqueur;
Si la terreur mène à la gloire
Nous avons des moyens plus doux,
Car il faut nous mettre à genoux
Au moment d'obtenir *Victoire.*

De ces triomphes que je chante
Garde-toi de me soupçonner,
Favori d'une tendre amante
C'est toi qu'elle va couronner.
Hélas! voudrais-je en faire accroire!
Si j'étais heureux en effet,
Bien joyeux, mais toujours discret,
Je n'irais point chanter *Victoire.*

PLACET

AU MINISTRE DE LA GUERRE,

Pour obtenir à un jeune militaire la permission de passer de l'infanterie dans la cavalerie.

AVANT qu'un décret salutaire
M'ordonnât de marcher contre nos ennemis,
Je ne me sentais pas l'ame fort militaire,
Car j'étais rimeur et commis.
Mais de tous les métiers il faut bien qu'on s'amuse,
Et bientôt, oubliant la rime et le compas,
J'espère dans un camp découvrir plus d'appas
Que dans les boudoirs de ma Muse.
Cependant j'ai le corps, soit dit sans vanité,
Beaucoup plus faible que la tête ;
Je brûle de voler de conquête en conquête,
Et ne puis faire un pas sans en être éreinté.
Ministre vertueux c'est en toi que j'espère.
Mon civisme au tien est égal,
Mais je sens trop qu'à pied je ferais mal la guerre ;
Prends pitié d'un malheureux frère
Et fais-lui donner un cheval.
C'est dessus mon coursier que je ferai connaître
Si je suis vaillant ou poltron ;
D'un pégase rétif m'étant bien rendu maître,
Je pourrai bien monter un cheval d'escadron.

. . . .
. . . .

INSCRIPTION

DEMANDÉE SOUS ROBESPIERRE, POUR L'ÉGLISE DE St... ÉRIGÉE EN TEMPLE DE LA RAISON.

PAR l'erreur et le fanatisme
Ce temple, jadis habité,
Etait fermé par l'athéisme.
La raison le consacre à la *divinité*.

AUX DAMES

RÉUNIES CHEZ RUGGIERI;

Vers qui leur ont été jettés au milieu du feu d'artifice.

DU feu qui s'allume en ces lieux
La pétulance extrême,
De l'amour qu'inspirent vos yeux
Nous présente l'emblême.
Mais nos desirs non moins brûlans
Ne sont point un *caprice*; (*)
Nos cœurs s'enflamment pour long-tems
Et sont sans *artifice*.

(*) Terme d'artificier.

LE GASCON EN DEFAUT,

ANECDOTE.

CERTAIN bibliomane, ignorant personnage,
De plus gascon, soi-disant connaisseur,
Demandait à *Pancouche* un magnifique ouvrage,
En lui laissant le choix du genre et de l'auteur.
« Parbleu, s'écria le libraire,
» Que ne me parliez-vous plutôt?
» Vous auriez bien fait votre affaire
» Du Télémaque de *Didot* ».
— De *Didot*, Télémaque!...... — Eh oui, chacun l'admire.....
— Jé lé connais, il a du bon,
Mais, sandis, vous avez beau dire,
J'aimerai toujours mieux celui dé *Fénélon*!

SUR UN SATYRIQUE.

1788.

Tu prétends donc que ce pauvre B.....
Est le plus sot des rimeurs d'aujourd'hui!
Ah! l'on sent trop en lisant ta satyre
Qu'il en est un encor plus sot que lui. (*)

(*) Cette épigramme a été appliquée depuis par un journaliste, à un homme connu dans la revolution. Elle a été ainsi changée :

Contre Merc . . . tu viens d'écrire,
C'est dis-tu le plus sot des auteurs d'aujourd'hui,
Ah ! Joseph, on sent trop en lisant ta satire
Qu'il en est un plus sot que lui.

L'ORFÈVRE

ET LE

COMPLOT DÉCOUVERT,

CONTE.

LES colporteurs n'ont aucune pitié
De l'honnête homme qui sommeille;
Avant l'aurore ils sont sur pié
Pour aboyer les décrets de la veille.
Un matin, sur les quais, entendant plus de bruit
Qu'ils n'avaient coutume d'en faire,
Un orfèvre, étonné de l'extraordinaire,
Pour aller s'informer s'élance de son lit;
Il court, il vole, il revient, il s'écrie:
« Bon Dieu! bon Dieu, quel funeste revers!
» J'entends crier par-tout grand complot *des cou-*
» *verts*.
» Adieu ma belle argenterie!

STANCES LARMOYANTES,

DE COMMANDE,

Sur le départ de Mde. B....

Elle vient donc de quitter ce séjour
Cette beauté dont la seule présence
Dans tous les cœurs faisait naître l'amour.
Elle nous fuit!... je n'ai plus d'espérance.

Elle va donc dans un autre pays
De son esprit faire admirer les graces;
Elle nous fuit, et les jeux et les ris
Loin de ces lieux vont voler sur ses traces.

Elle nous fuit!... adieu donc ô bonheur,
Puisqu'à jamais nous perdons cette belle,
Laisse nos cœurs en proie à la douleur,
Seul sentiment qu'on connaisse loin d'elle.

SUR L'AMI DES LOIS

DE LAYA.

1792.

Pour se montrer ami des lois
Faut-il donc un courage au-dessus du vulgaire?
O mes concitoyens, en proscrivant les rois
N'avez-vous pas détruit tout pouvoir arbitraire?
Pourrions-nous craindre encor !... Non, non,
peuple français,
Tu ne souffriras pas qu'au moderne régime
On puisse reprocher de criminels excès; (*)
Protège les vertus, ou punis le crime.
Soyons républicains, si c'est ta volonté;
Mais songe que des lois la légère contrainte
Est le plus sûr garant de notre liberté.
Oser les violer serait porter atteinte
A ta propriété.
Sans doute que L... n'attend point mon hommage,
Il a fait son devoir; si des heureux moyens
Qui, sur tant de rivaux, lui donnent l'avantage,
Il avait dédaigné l'usage,
Je l'inscrivais au rang des mauvais citoyens.

(*) La terreur exécrable qui depuis a dévasté la France, s'avançait alors rapidement, mais on ne pouvait encore s'en former une idée, et il fallait d'ailleurs affecter une sécurité qu'on n'avait pas.

LA COQUETTE,

ROMANCE,

MUSIQUE DE MARINI.

GENTIL Alain à sa jeune bergère
Furtivement avait pris doux baiser;
Elle, aussi-tôt, de se mettre en colère,
Et le galant de vouloir l'appaiser.

« QUOI! belle mie, un baiser t'effarouche!
» Pourquoi ce trouble? Est-ce crainte ou pu-
» deur?
» T'ai-je offensée ou crains-tu que ma bouche
» De tes attraits n'ait terni la fraîcheur?

« BEAUX papillons, vigilantes abeilles,
» Vont butinant les roses d'alentour;
» Roses pourtant n'en sont que plus vermeilles,
» Rien n'embellit comme larcins d'amour ».

CE dernier mot plût à la bergerette:
Eh bien! dit-elle, eh bien! embellis-moi......
Encore, encore..., — Ah! c'est assez, coquette!
Las! maintenant rien n'est plus beau que toi.

BEAU sire Alain, c'est trop de politesse,
Lui répart-elle, et grand merci vous fais;
Mais veux galant plus rempli de tendresse
Qui voye en moi des appas moins parfaits.

A FANNI KERSAL....

ROMANCE,

MUSIQUE DE MARINI.

Belle Fanni tu veux une romance!
Las! ne saurais céder à ton desir,
Car la romance est un chant de souffrance,
Et près de toi ne connais que plaisir.

Si me donnais motif de jalousie,
Chanterais lors couplets bien langoureux,
Mais ne vas point pour une fantaisie
Rendre à jamais ton ami malheureux!

Ne suis pourtant bien sûr de ta tendresse.
O ma Fanni, si tu m'allais tromper!
Rien qu'y penser me remplit de tristesse,
Et longs soupirs sont prêts à m'échapper.

Las! plus y songe, et plus ressens de crainte;
Oui, je le crois, tu trompais ton ami;
Ce doux regard, ce souris, tout est feinte,
Ah! parle, parle, ai-je perdu Fanni?

Pour dissiper ce doute insupportable,
Par doux baiser prouve un cœur sans détour.
Dieux, quel baiser!.... Non, tu n'es point coupable,
Il brûle trop pour n'être pas d'amour.

Sans y songer ai fait une romance.
Point ne voulais céder à ton desir,
Mais sur nos cœurs as pris telle puissance,
Que, malgré nous, il faut bien t'obéir.

IMPROMPTU

Sur le bruit fait par de jolis enfans lorsqu'ils revirent leur bonne amie, Melle. *Frère*.

Vous demandez pourquoi ces si jolis enfans
Ont fait un si grand bruit, contre leur ordinaire,
La raison m'en paraît fort claire;
Lorsqu'ils reviennent à Cythère,
Les amours, par leurs cris bruyans,
Témoignent le plaisir d'être auprès de leur *frère*.

ÉNIGME

QUI N'EN EST PAS UNE,

Faite sous le ministère du cardinal Loménie de Brienne (*l'auteur avait alors 15 ans*).

LE pauvre ne me connaît pas;
Du riche je suis l'appanage,
Et toujours, grâce à moi, du plus grand embarras
Il se tire avec avantage.
Veut-il intenter un procès,
Veut-il commettre une injustice,
De moi qu'il fasse un sacrifice
Et je lui réponds du succès.
Vois jusqu'où s'étend ma puissance;
Je calmerais bientôt les troubles de l'état,
Si, bornant un peu leur dépense,
Notre reine et notre prélat
Voulaient pacifier la France.
Enfin, chacun s'accorde à vanter mes appas,
Et chacun avec moi veut lier connaissance;
Cherche dans ton gousset, et si je n'y suis pas
Ah! que je plains, lecteur, ton existence!

VERS A ***,

EN RÉPONSE A UNE ÉPIGRAMME.

Oui, je l'avoue avec franchise,
Quand j'ai dénoncé ta sottise
Du fait que je n'étais par certain.
Mais, grace au courroux qui t'anime,
Tu te fais auteur, on t'imprime ;
Maintenant j'ai la preuve en main.

L'EMBARRAS DU CHOIX

ROMANCE.

(Musique de P. L. Marini).

Pour mon malheur ai deux belles maîtresses;
Que toutes deux chéris également.
Point ne plaignez embarras des richesses,
Sens bien, hélas ! que c'est cruel tourment.

Ne fut jamais dans l'humaine puissance
De contenter deux belles à-la-fois ;
Faut donc à l'une accorder préférence;
Mais qui pourra me fixer dans mon choix?

La belle Usmé, jeune, vive et légère,
Change d'humeur à chaque instant du jour;
D'un seul regard enchante ou désespère;
A mille amans et n'eût jamais d'amour.

Amenaïs, naïve et languissante
Livre son cœur au plus doux sentiment,
Fuit le tumulte, est sincère et constante,
Et voit un dieu dans son fidèle amant.

L'une éblouit par brillante folie,
Son esprit seul eût suffi pour charmer;
L'autre attendrit par sa mélancolie;
Rien que son cœur me l'aurait fait aimer.

Et de choisir, moi j'aurais le courage!
Non, je ne puis outrager la beauté.
Que faire donc!... toute femme est volage,
J'attends mon sort d'une infidélité.

LA NAIVETÉ,

ANECDOTE.

Pourquoi, disait Lourdis, d'un ton affectueux
Refusez-vous toujours ce que je vous propose!
(Il m'offrait de ses vers le recueil monstrueux!)
Mon tome, je le sais, paraît volumineux
Mais c'est, au fond, bien peu de chose.

A MADAME D....

RÉPONSE A UN CONGÉ.

Le congé que ta main légère
Vient de tracer si lestement
Accablerait un autre amant ;
Mais je suis d'un bon caractère,
Et, bien loin d'entrer en colère,
Je t'adresse un remerciement ;
Une coquette, une parjure,
Comme en ce monde on en voit tant,
A la froideur d'un compliment
Préfère le feu d'une injure ;
La cruelle se plaît à voir
Les angoisses d'un désespoir,
Mais des plaisirs de cette sorte
Flatteraient peu ta vanité,
Car c'est vraiment avec bonté
Que tu mets ton monde à la porte ;
Tu voudrais même qu'en amour
Je fusse plus heureux un jour,
Et qu'une maîtresse nouvelle,
Sentimentale autant que belle,
Me fît perdre au sein du bonheur
Le souvenir de ta rigueur.
Accepte ma reconnaissance
Pour un souhait si généreux ;
J'avais sû deviner tes vœux,
Et les avais remplis d'avance

LA SOLLICITUDE CONJUGALE,

DIALOGUE SUR L'ÉPIZOOTIE DE L'AN 6.

LE ciel à son courroux ne met donc plus de bornes,
Ma femme!... — Eh bien m'amour? — Il se répand, dit-on,
Un horrible fléau sur les bêtes à cornes.
— Dieux que n'es-tu resté garçon!

SUR ***

AU SUJET D'UNE ÉPIGRAMME TARDIVE.

TANT qu'il a gardé le silence
Je l'ai cru quelque peu malin;
Il vient de riposter enfin;
Je reconnais son innocence.

A FANNI K....

HIER de ne plus aimer, j'osais à l'Amour même
Adresser en ces mots un insolent défi;
Non, non tyran cruel, tout ton pouvoir suprême
Ne peut plus t'asservir ce cœur trop bien guéri.
Je me trompais, hélas!... il m'a montré *FANNI*!

ÉPIGRAMME,

A l'auteur très-*muscadin* de l'estampe des *incroyables.*

Des élégans du jour quand tu nous peins les traits ;
Prête leur du moins ta tournure.
Tu n'as fait là que leurs portraits,
Je voudrais leur caricature.

A LEBRUN,

SUR SA QUERELLE AVEC MADAME PIPELET.

Tu combats une femme, et ta bouche l'outrage !
Ah ! Lebrun, calme ce transport
Et souviens-toi du vieil Adage :
« Vous vous fâchez, vous avez tort : »
On aime la valeur, mais la valeur galante,
Et le vaillant Lebrun, qu'attaque Pipelet,
Doit rappeler Roger frappé par Bradamante ;
Il résistait, mais à regret ;
Emporté par l'excès de sa rage cruelle,
Le fougueux ravisseur des coursiers de Rhésus,
Diomède blessa Vénus
Et Vénus en parut plus belle.

Ne vas donc point tenter, par un semblable effort,
Une aussi cruelle victoire,
Dans ce fatal combat, tel est ton triste sort,
Que vainqueur ou vaincu tu flétrirais ta gloire.
Mais que, dis-je, vainqueur, tu ne peux résister,
Tes coups sont incertains quand la fureur t'égare,
Et, riantdu courroux que tu fais éclater,
SAPHO va, sans effort, l'emporter sur PINDARE.

LE DANGER D'UN MAL-ENTENDU.

ANECDOTE.

AMANS rivaux d'une perfide amante
Deux cavaliers, pour finir leur débat,
Tenaient déjà, d'une main menaçante,
Le pistolet instrument du combat;
» *Çà*, dit l'un d'eux, moins sûr de la victoire,
» *PARLEMENTONS si vous voulez m'en croire* ».
» *PAR LE MENTON* ! *soit*, lui dit son rival;
Et subito, lâchant le coup fatal,
Au pauvre diable il casse la mâchoire.

ÉPIGRAMME.

C'est un sot que L.... T...a — !
— Hélas ! oui, mais le pauvre hère
Se fâche quand on lui dit çà.
— Il est donc toujours en colère !

DEMANDE;

ÉPITRE A UN JOURNALISTE.

Je suis jeune, je fais des vers,
Et j'ai des mœurs irréprochables;
Connu par des écrits divers,
Qu'on veut bien trouver supportables,
Je comptais du métier d'auteur
Me faire une honnête existence,
Sans songer que, pour mon malheur,
Le sentier qui mène à l'honneur
Ne conduit pas à l'opulence;
J'ai payé bien cher mon erreur!
Maintenant, triste personnage,
Tout surpris de beaucoup devoir,
Tout confus de ne rien avoir,
Je vais perdre, avec mon espoir,
Mon peu d'esprit et mon courage,

A moins qu'un juste, un bon humain,
Empressé de rendre service,
Ne daigne me tendre la main
Pour me tirer du précipice
Aujourd'hui plutôt que demain.
Ne croyez pas qu'une largesse
Soit ici l'objet de mes vœux,
Je suis fier et j'aimerais mieux
Mourir de faim avec noblesse
Que vivre au prix d'une bassesse ;
Travailler est ce que je veux ;
Point d'aumône, mais un salaire.
J'oserai donc, à tous hazards,
Me proposer pour secrétaire
A quelque riche, ami des arts.
Animés d'une ardeur extrême,
Mon cœur et ma main toujours prêts
Mille fois mieux que pour moi-même,
Veilleront à ses intérêts ;
Trop heureux si dans la journée
Je trouve une heure fortunée
Pour esquisser, tant bien que mal,
Une romance à ma Lydie,
Quelques scènes de comédie,
Un quatrain pour votre journal.

SUR L'AUTEUR D'UNE EPIGRAMME,

A LAQUELLE ON ME CONSEILLAIT DE RÉPONDRE.

J'AI lu les vers dont il m'assomme,
Et je les ai lus sans humeur;
Si tous ses madrigaux sont d'un *méchant* rimeur,
Son épigramme est d'un *bon*-homme.

A UN ASTRONOME

QUI PASSE POUR ATHÉE.

DE l'espace infini mésurant l'étendue,
Tu n'y reconnais pas la main du créateur!
La nature, pauvre homme, en allongeant ta vue,
A donc bien retreci ton cœur!

DIALOGUE

DANIÈRE TOUJOURS DANIÈRE!

Faites-moi votre compliment,
Me dit hier monsieur Danière.
— Sur quoi donc? — Cet événement
Annoblit ma famille entière.
— Mais encor? — Du Pérou le plus riche *colon*
S'est coëffé de ma sœur, demain je la lui donne,
Et ma sœur par cette raison,
Va se voir du Pérou la première *colonne*.

1794.

ÉPITRE A DES FANFARONS.

Eh bien! messieurs les chevaliers,
Que devient donc votre jactance?
Où sont-ils ces nombreux lauriers
Que vous deviez cueillir en France?
Je crois, ma parole d'honneur,
Que votre espoir est chimérique,
Et que, malgré votre valeur,
Vous jouerez toujours de malheur
En attaquant la république.
Ces Français ne connaissent pas
Les égards dûs à la noblesse,
Et, sans la moindre politesse

Ils assommeraient une altesse
Comme ils ont occis vos soldats.
C'est *affreux*, c'est même *inc-oyable*,
Mais qu'opposer à leur torrent !
L'affronter serait honorable,
L'éviter sera plus prudent ;
Cessez donc de vous compromettre,
Ce peuple est vraiment souverain,
Il veut être républicain,
Et, tenez, il faut lui permettre
Ce qu'on lui défendrait en vain ;
Allons, un peu de complaisance,
Sachez vous faire une raison ;
Entre nous, est-ce la saison
D'alléguer vos droits de naissance
Quand l'amour de l'égalité,
Pareil à la flamme électrique
Avec force et rapidité
Dans tous les cœurs se communique,
Et lorsque notre liberté,
Ce bien que vous aviez traité
De chimère philosophiqne,
Devient une réalité !
Vous avez eu quelque espérance
Tant qu'une troupe d'intrigans,
D'escrocs, de filoux, de brigands (*),

(*) A ces épithètes, qui ne reconnaîtrait pas les jacocobins du 9 thermidor ? Ces gens-là sont aussi exécrables que la plupart des émigrés sont vains et ridicules.

A rivalisé de puissance
Avec nos vrais représentans ;
Mais ces jours de votre allégresse,
Pour jamais les voilà passés ;
Les intrigans sont dispersés,
Les assommeurs sont pourchassés,
Et, pour combler votre détresse,
Leurs généraux sont trépassés.

Adieu, seigneurs sans seigneurie,
Adieu barons *in-partibus*,
Ne pleurez pas votre patrie,
Cette ingrate a la barbarie
D'anéantir tous les abus.

CHANSON DE LA GAMELLE,

AIR : *De la Carmagnole.*

1793.

(Le titre, l'air et sur-tout la vogue qu'elle a obtenue, je ne sais pourquoi, sous le régime de la terreur, sont un violent préjugé contre elle, et je ne l'insère qu'en tremblant dans ce recueil; cependant, comme on sait que j'en suis l'auteur, il m'importe de prouver qu'elle ne méritait pas le suffrage flétrissant des assassins révolutionnaires, et pour cela il me suffit de la réimprimer. On y trouvera, sans doute, un ton de corps - de - garde, fort opposé à celui de la bonne société; mais on se reportera, sans doute aussi au moment horrible où elle a été faite, et l'on voudra bien considérer qu'un ton plus poli eût été alors, comme en tous les tems, fort déplacé dans une chanson militaire. Ce genre grivois était consacré bien avant la révolution, et beaucoup d'auteurs estimés de l'ancien régime, en avaient usé d'une manière bien plus indiscrette).

SAVEZ pourquoi mes amis,
Nous sommes tous si réjouis!
C'est qu'un repas n'est bon
Qu'apprêté sans façon.
Mangeons à la gamelle,
Vive le son, vive le son;
Mangeons à la gamelle,
Vive le son du canon.

NOUS fesons si des beaux repas,
On y veut rire, on ne peut pas;
Le mets le plus friand,
Dans un vase brillant,
Ne vaut pas la gamelle,
Vive etc.

VOUS qui baillez dans vos palais,
Où le plaisir n'entra jamais,
Pour vivre sans souci,
Il faut venir ici
Manger à la gamelle,
Vive etc.

UNE fille à tempérament,
Qui veut se choisir un amant,
Aux faquins du bon ton
Préfère un gros garçon
Qui mange à la gamelle,
Vive le son, etc.

SAVEZ-VOUS pourquoi les Romains
Ont subjugué tous les humains?
Amis, n'en doutez pas,
C'est que ces fiers soldats
Mangeaient à la gamelle,
Vive etc.

CES Carthaginois si lurons,
A Capoue ont fait les capons;
S'ils ont été vaincus
C'est qu'ils ne daignaient plus
Manger à la gamelle,
Vive etc.

LE BAS-BRETON,

ANECDOTE.

Maitre Colas, villageois bas-breton,
Aussi têtu qu'un Breton puisse l'être,
Par fantaisie, ou poussé du démon,
S'était un jour jetté par la fenêtre;
On accourut au lieu de l'accident.
Tous ses voisins, sa femme, un commissaire
Le voyant là privé de mouvement,
Se regardaient et ne savaient qu'en faire.
« Bon! dit l'un d'eux, ce m'est avis qu'il dort...
» Bah! repart l'autre, il n'est plus de ce monde.
» Çà, crions tous; voisin êtes-vous mort!
» Si faudra-t-il qu'à la fin il réponde ».
On s'évertue.... Hélas! plus de Colas!
« O l'entêté, le chien de caractère!
» Il est bien mort, dit sa femme en colère!
» Mais vous verrez qu'il n'en conviendra pas! »

SUR UN JOURNAL IGNORÉ,

SUPPRIMÉ PAR ARRÊTÉ DU DIRECTOIRE.

Cet arrêté, pauvre inconnu,
T'explique un singulier problême,
Car il te montre par toi-même
Comme on meurt sans avoir vécu.

DÉCLARATION DÉFINITIVE

Sur un libelle nouveau et sur les calomniateurs qui me l'attribuent. (1)

QUAND je vois tous ces auteurs-nains,
Acharnés sur un sot libelle,
Se martyriser la cervelle
Pour forger de plus sots quatrains ;
Je crois, au bord des eaux infectes,
Entendre des crapauds crier,
Ou voir un vil amas d'insectes
Se débattre sur un fumier.

(*) Ce libelle anonyme fit naître une querelle littéraire qui s'alimenta assez plaisamment de *quiproquo*, et qui donna lieu à plusieurs épigrammes assez piquantes pour et contre le libelliste. Parmi les combattans on distingua le citoyen Legouvé, dont la réputation était au-dessus d'une critique clandestine, et qui, malgré le sel de ses répliques aurait mieux fait de garder le silence.

Voici quelques-unes de ces épigrammes ; je les rapporte pour prouver mon impartialité.

SUR LA DÉNÉGATION DE F. P.

EN reniant mon malheureux pamphlet,
Il se plaint donc, ce bon monsieur Pillet,

Du grain d'encens qu'en ce livre on lui donne.
Il a raison ; mais qu'il ne craigne rien ;
Si c'est pécher que d'en parler en bien,
Ce péché là ne tentera personne.

Par l'auteur anonyme de la REVUE.

CONTRE L'AUTEUR DE LA REVUE.

TU dis que, peu goûté des esprits difficiles,
Aux jeux de Melpomène, où j'ai fait un vain bruit,
Je séduis tous les imbécilles,
Comment ne t'ai-je pas séduit ?

LEGOUVÉ.

RÉPONSE

A un critique qui improuvait l'expression des *jeux de Melpomène*, employée par Legouvé.

A critiquer ce mot, en vain tu t'études,
Je le trouve des plus heureux ;
La preuve que pour lui Melpomène a des jeux,
C'est qu'on rit à ses tragédies.

L'AUTEUR DE LA REVUE.

A L'AUTEUR DE LA REVUE.

Quoi ! tu te plains des vers où je daignai descendre
Jusqu'à ton libelle grossier;
Tu devais m'en remercier
Ingrat, mes vers l'auront fait vendre.

LEGOUVÉ.

RÉPONSE.

Oui Legouvé, tu l'as bien dit,
Tel est l'effet de ta censure,
Qu'en t'acharnant sur ma brochure
Tu viens de la mettre en crédit.
Voulant, par un moyen semblable,
A ton quatrain donner du prix,
Je soutiens qu'il est pitoyable...
Mais chacun est de mon avis.

L'AUTEUR ANONYME etc.

MON DERNIER MOT

A L'AUTEUR DE LA REVUE.

Du Parnasse, insecte risible,
Je cesse un stérile combat.
Tu rampes tellement à plat,
Que t'écraser est impossible.

LEGOUVÉ.

SUR LE DERNIER MOT

DE LEGOUVÉ.

Ce trait me rappelle un Gascon
Qui, pour le prix d'une sottise,
Recevant des coups de bâton,
S'écriait, d'un air fanfaron:
« Je m'en vais, car je te méprise .... »

Par l'auteur de la REVUE

A LEGOUVÉ,

Sur ce qu'il prend tout au tragique, excepté dans ses tragédies.

PAR quelques jeux de mots, piquante rapsodie,
Satisfais, j'y consens, ton esprit irrité;
Mais ne vas point me prendre, en ta méchanceté,
Pour un sujet de tragedie,
Je serais par trop maltraité!

Par le même.

A ***,

Qui attribue calomnieusement à F. Pillet la *Revue des auteurs vivans.*

CERTAIN libelle infâme, abominable,
Dit que tu n'es qu'un auteur pitoyable;
L'ami Pillet te l'a dit de tout tems,
Et l'a prouvé. Pour cela tu pretends
Que de lui seul peut venir la satire,
Où sur ton compte un malin donne à rire.
Si tu vas croire auteurs de ce pamphlet
Tous ceux qui sont de l'avis de Pillet,
Il te faudra, dans ta fureur comique,
En accuser toute la republique.

Par NOEL, auteur des *Deux Petits Aveugles.*

A UNE SOCIÉTÉ DE BONS VIVANS,

(Sur ce que je ne pouvais me trouver à sa seconde réunion, la première m'ayant incommodé).

BILLET IMPROMPTU.

AH! qu'allez-vous penser de moi
Intrépides buveurs que rien ne désaltère!
Chacun de nous, hier, avait donné sa foi
De reprendre aujourd'hui son verre,
Et subito je reste coi!!
Indigne que je suis, d'une si noble troupe,
Un seul verre de punch m'a mis sur le côté,
Et quand joyeusement vous dépêchez la soupe,
Moi tristement je suis au thé.
Tel qu'un *mimi fluet* (*) gâté par sa maraine,
Je me sens défaillir le cœur,
J'ai la colique, la migraine,
Enfin j'ai mal aux nerfs et je tombe en langueur...!!!
Un pareil homme à votre fête
Décemment ne peut assister,
J'irais là pour vous attrister,
Et vous m'y casseriez la tête.
Adieu donc, bernez-moi pour mon peu de valeur,
Je le mérite, en conscience,
On perd tous droits à l'indulgence
Quand on est si mauvais buveur.

(*) Personnage ridicule d'une de nos comédies.

COUPLETS

D'ENFANS A LEUR MÈRE POUR LE JOUR DE SA FÊTE.

AIR : *De l'Amour filial.*

ON dit qu'il faut en ce beau jour,
Te fêter, ô mère chérie !
Et pour gage de notre amour,
Que de nos mains tu sois fleurie.
Avec transport nous t'embrassons,
Mais pourquoi les fleurs qu'on apprête !
Tous les jours où nous te voyons
Ne sont-ils pas des jours de fête!

LE SECOND ENFANT.

UN usage le veut ainsi ;
Qu'on en glose, qu'on en murmure,
Moi je respecte celui-ci,
Il prend source dans la nature ;
Mais mon cœur veut se réserver,
Plein du sentiment qui l'inspire,
Tous les jours pour te le prouver,
S'il n'en a qu'un pour te le dire.

BOUTS-RIMÉS

PROPOSÉS DANS UN JOURNAL.

Demande de mariage, au nom d'une ex-religieuse.

J'AI bientôt soixante ans, et malgré mon grand...âge
Je pourrais agréer l'offre d'un. . . . mariage;
Elevée au couvent, où du matin au. . . . soir,
Mes uniques plaisirs étaient ceux du. . . parloir,
J'ai besoin d'un mari qui charme ma. . . tristesse
Et me fasse oublier ce séjour de. . . douleur;
Je le veux beau, bien fait et sur-tout sans. . paresse
Car je dirai souvent: *Rodrigue as-tu du. . .* cœur?

RÉPONSE

D'UN VIEUX DÉPUTÉ AUX ÉTATS-GÉNÉRAUX,

A l'un de ses collègues.

BONJOUR, vieux député, dites-nous donc pourquoi
Vous devenez si rare! — Hélas! excusez-moi;
Des maux les plus cruels, ma vieillesse accablée
Du repos me fait une loi;
Je demeure à la *Bonne-Foi* (1)
Et c'est bien loin de l'assemblée!

(*) Hôtel garni du Marais.

FIN.

www.ingramcontent.com/pod-product-compliance
Ingram Content Group UK Ltd.
Pitfield, Milton Keynes, MK11 3LW, UK
UKHW020953180726
13838UKWH00003B/1299